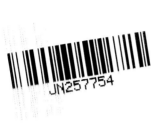

てんきになあれ

すぎもとれいこ 詩・絵

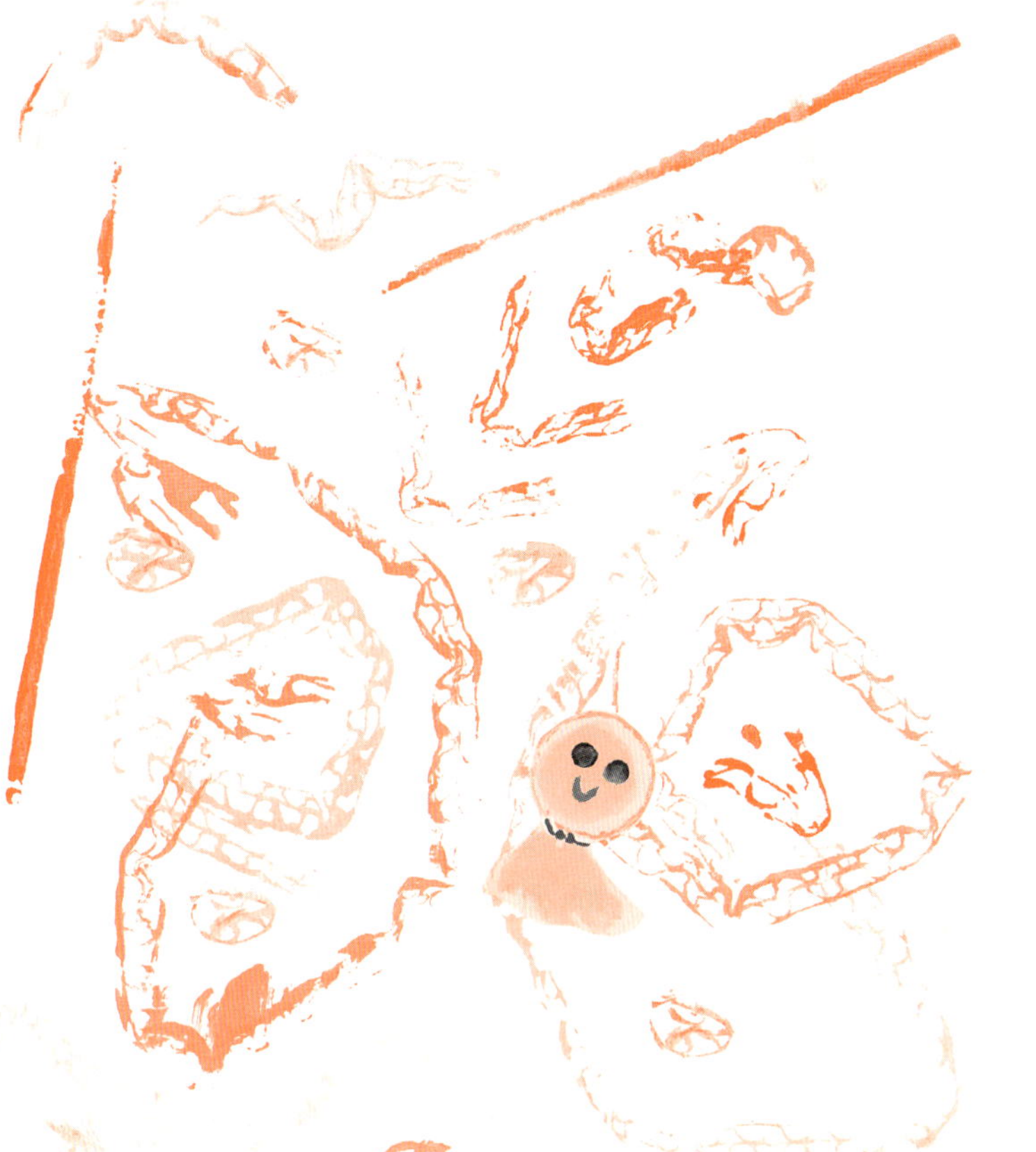

JUNIOR POEM SERIES

もくじ

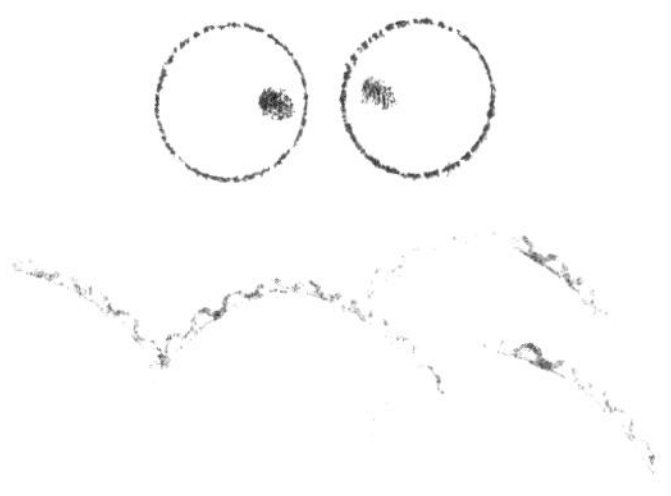

Ⅰ

ひらがなの詩《し》

Ⅱ

てんきになあれ

Ⅲ

巻《ま》き笛《ぶえ》

Ⅰ　ひらがなの詩《し》

「く」と「へ」

くるしいの「く」
くやしいの「く」
くろうの「く」

「く」はつかれた老人《ろうじん》の
膝《ひざ》のまがりだろうか
働《はたら》きつめた農夫《のうふ》の
腰《こし》のまがりだろうか

どこか苦《くる》しみを

おさえた笑《わら》いの
「く、く、く」

くたびれはてた「く」は
くるりと向《む》きをかえて、たおれ
「へ」にかわる

へとへとに疲《つか》れ
へたばり、ふせているが、
―へこたれないぞー
―へいきだーと、
「へ」は起《お》きあがろうとしている

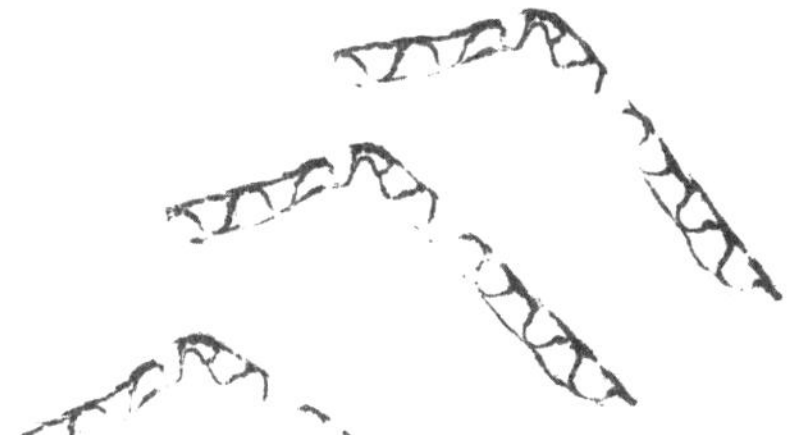

「す」

すばらしいの「す」
すみませんの「す」
すなおの「す」
すみやかの「す」
すこやかの「す」

すがすがしいことばがならぶ
「す」の字《じ》

だけど
すきですといえずに
すれちがったまま
すっきりしないきもちで
すぎさったあの日《ひ》

すっぱい思《おも》い出《で》が
すりぬけている
すきまがうまらぬままで

「ま」と「も」と「の」

ロープを
まとめて
「ま」
もどして
「も」
のばして
「の」

まもの

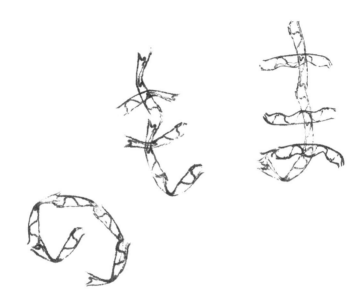

「ま」

まちがうの「ま」
まぬけの「ま」
まようの「ま」
まいったの「ま」
まけるの「ま」
　なぜか
さえないことばが
ならぶ「ま」の字《じ》

まてよ
まるがある
まる　まる　まる・・・

まさか
まんてんだ

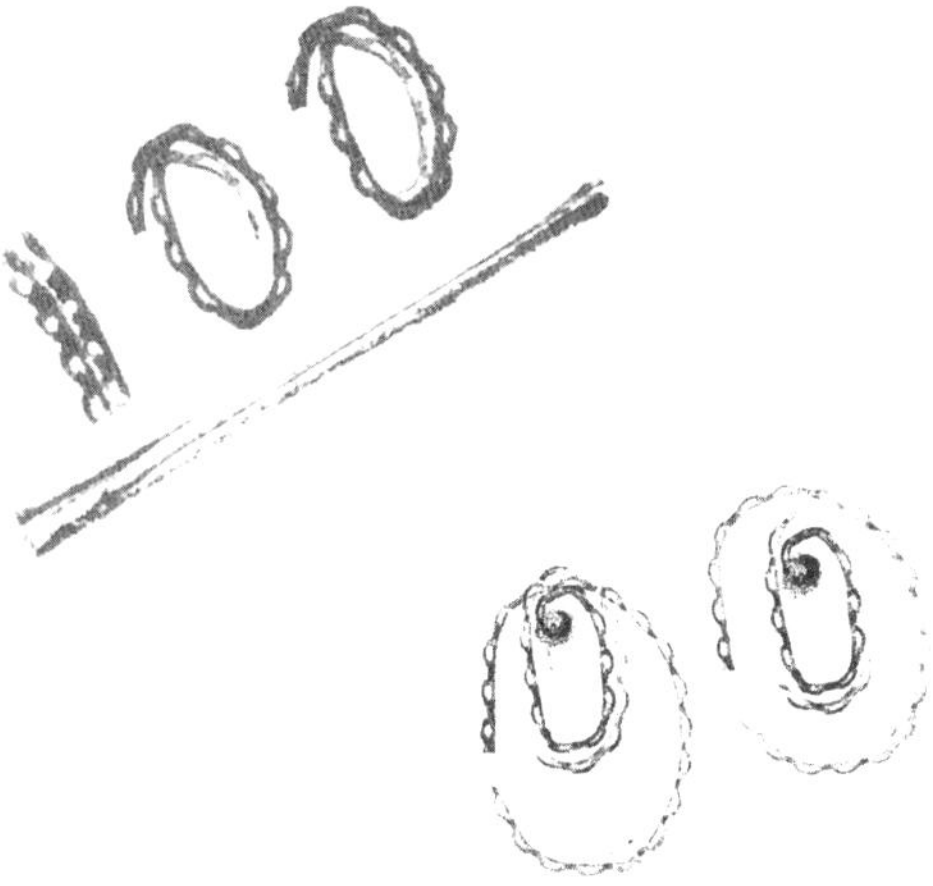

「や」

やれやれと
やまからおりてきた
ヤンマとんぼ
やねにとまって
やすんでいる

やごのころを
おもいだしているのかな?

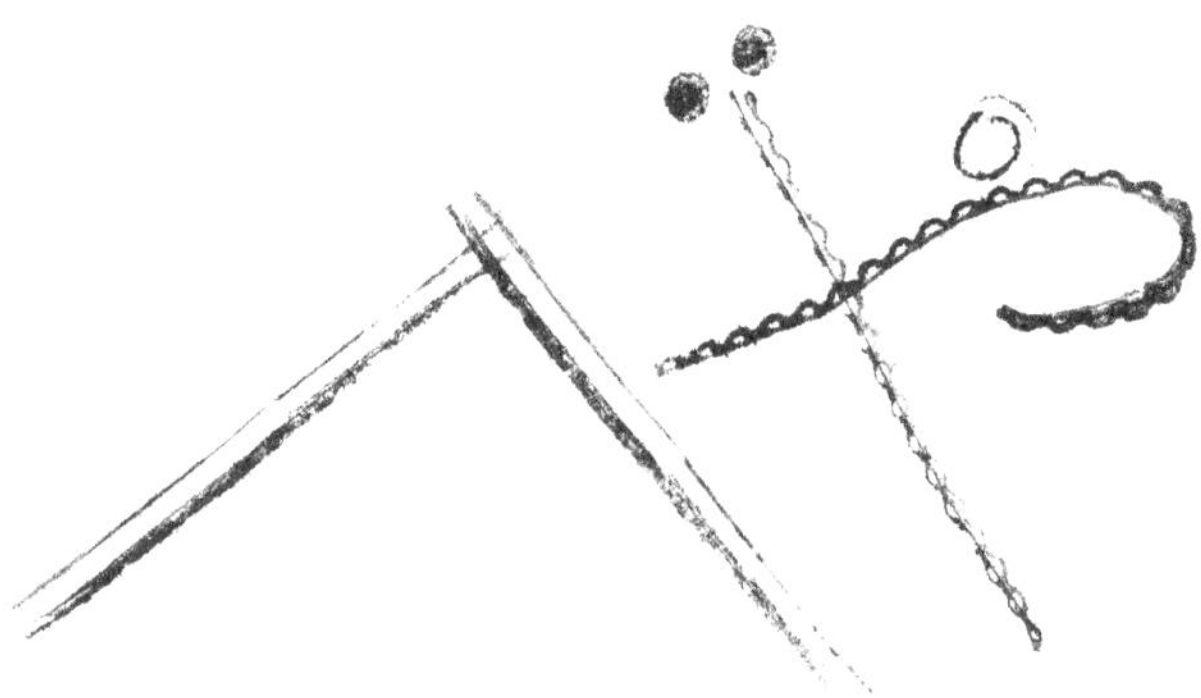

「ふ」

ひよこが
あるいているよ
「ふ」
おしり
ふりふり
かけってった

ぺんぎんが

あるいているよ
「ふ」
ならんで
ぷるぷる
あらつるり

「ふ」の字《じ》が
うごくよ
ふふふふふ

「つ」と「し」

「つ」の字《じ》をたてると
「し」
つりばりのできあがり

—しっ、
しずかに—　いま
しあわせを
つりあげています

「た」

たいきん
たばねて
たもとに
ためて
たいこ
たたいて
たるざけ
たっぷり
たらたらと
たぬきおどりに

たこおどり
たいめし
たらふく
たらちゃづけ
たてないほどに
たべすぎて　あとは
ただただ
たおれて　ごろり

「た」の字《じ》
たのしい
たからばこ

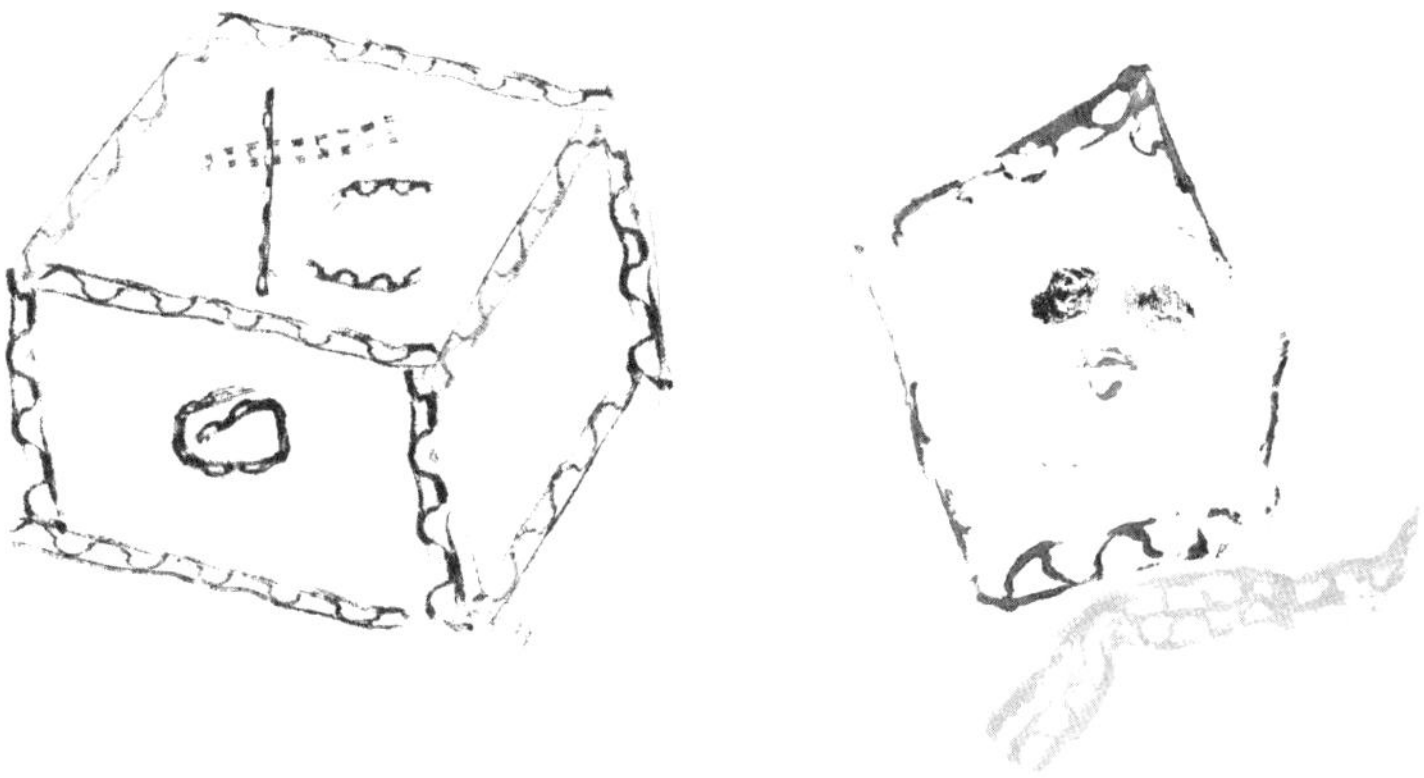

「さ」

さまよっているのか
さすらっているのか
さりげなく
左《ひだり》（さ）に傾《かたむ》いている
「さ」の字《じ》

ささやかな
さいわいを
さがしている

さえわたる空《そら》の
さえずりに
さそわれて

さらに
さきへと

Ⅱ

てんきになあれ

てんきになあれ

はなちゃんつくった
てるてるぼうず　うたってる
ゆいちゃんつくった
てるてるぼうず　うたってる
たっくんつくった
てるてるぼうず　うたってる
―あした　てんきになあれ―

はなちゃんそっくり
てるてるぼうず　したむいた

ゆいちゃんそっくり
てるてるぼうず　うなだれた
たっくんそっくり
てるてるぼうず　しょぼくれた
―うたってもあめやまな～い―

ともだちつくった
てるてるぼうず　やってきた
ともだちそっくり
てるてるぼうず　うたいだす
みんなならんで
おそらみあげて　うたいだす
―あした　てんきになあれ―

空《そら》のてっぺん

どこまでも
どこまでも
空
秋《あき》の　空
空の　てっぺん　どこにある
空のむこうの　空かしら

どこまでも
どこまでも
空
すみきった　空
空の　てっぺん　どこにある
空の青《あお》さに　とけたかな

てっぺん　きえた
てっぺん　とけた

かくれんぼ

春《はる》のお空《そら》とかくれんぼ
もういいかい
まあだだよ
若葉《わかば》いっぱい大《おお》きな木《き》
葉《は》かげにすっぽり
もういいよ

夏《なつ》のお空とかくれんぼ
もういいかい
まあだだよ

波《なみ》がえぐった岩《いわ》のかげ
小《ちい》さくしゃがんで
もういいよ

秋《あき》のお空とかくれんぼ
もういいかい
まあだだよ
すすきの原《はら》に走《はし》りこむ
風《かぜ》さんしずかに
もういいよ

冬《ふゆ》のお空とかくれんぼ
もういいかい

まあだだよ
吹雪《ふぶき》だお空もかくれんぼ
ぼくもおうちに
かくれんぼ

春になったらまたあそぼ

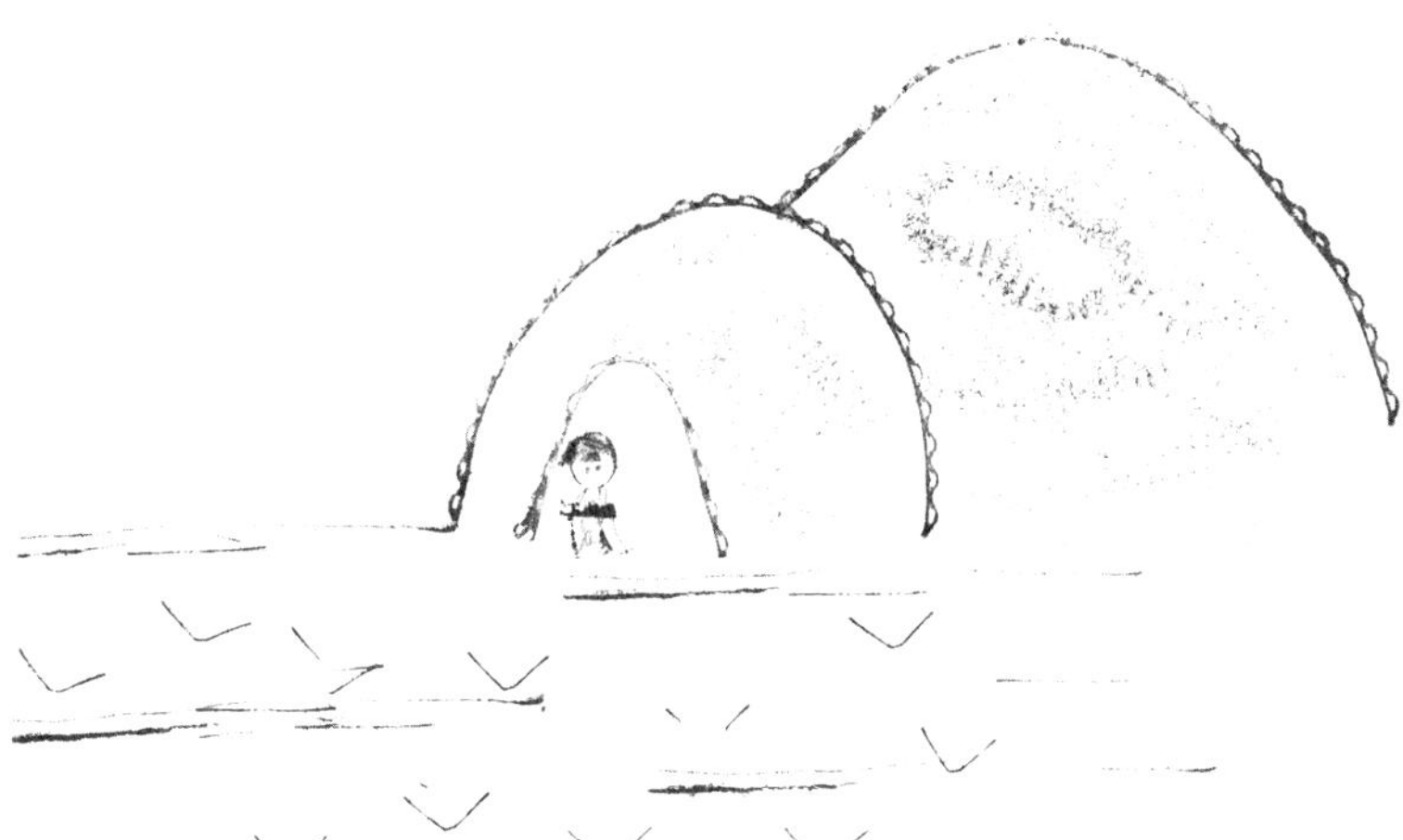

春《はる》かな

つくしがあたまを
ちょこっとだした
かたくてあおい
まあるいあたま
そろそろ春かなって
おそらをみたよ

かえるがめだまを
ちょこっとあけた

どんぐりめだまが
ちょっぴりほそい
そろそろ春かなって
のぞいてみたよ

はなちゃんあたまを
ちょこっとだした
リボンがゆれてる
かわいいあたま
そろそろ春かなって
まどからみたよ

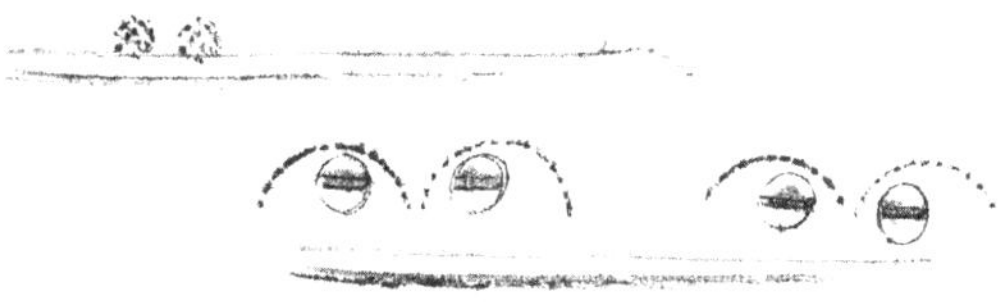

さくらの木《き》

木の肌《はだ》うっすら
紅色《べにいろ》に
はにかむような
さくらの木
花《はな》の出番《でばん》は
もうすぐ　もうすぐ

つぼみずっしり
枝《えだ》しなる

いっきに咲《さ》くよ
明日《あした》には
花のまつりは
もうすぐ　もうすぐ

咲くぞ咲いたと
人《ひと》そぞろ
笑顔《えがお》がかこむ
さくらの木
花のうたげだ
あつまれ　あつまれ

春《はる》の味《あじ》

菜《な》の花《はな》食《た》べた
モサモサ食べた
ほろにがい
―はるだなあーと
お父《とう》さん
春の味ってほろにがい

つくしんぼ食べた
モソモソ食べた

ほろにがい
―おいしいねーと
お母《かあ》さん
ぼくにはにが味《み》残《のこ》るだけ

ふきのとう食べた
ボソボソ食べた
ほろにがい
―はるだなあーと
おじいちゃん
春って大人《おとな》の味なんだ

竹《たけ》の子《こ》のうた

よいしょと
大地《だいち》
もちあげて
竹の子
ニョキと
かおだした

こらっしょと
根《ね》っこ

ふんばって
竹の子
グイグイ
のびていく

どっこい
大地に
からみつき
若竹《わかたけ》
空《そら》を
つきやぶる

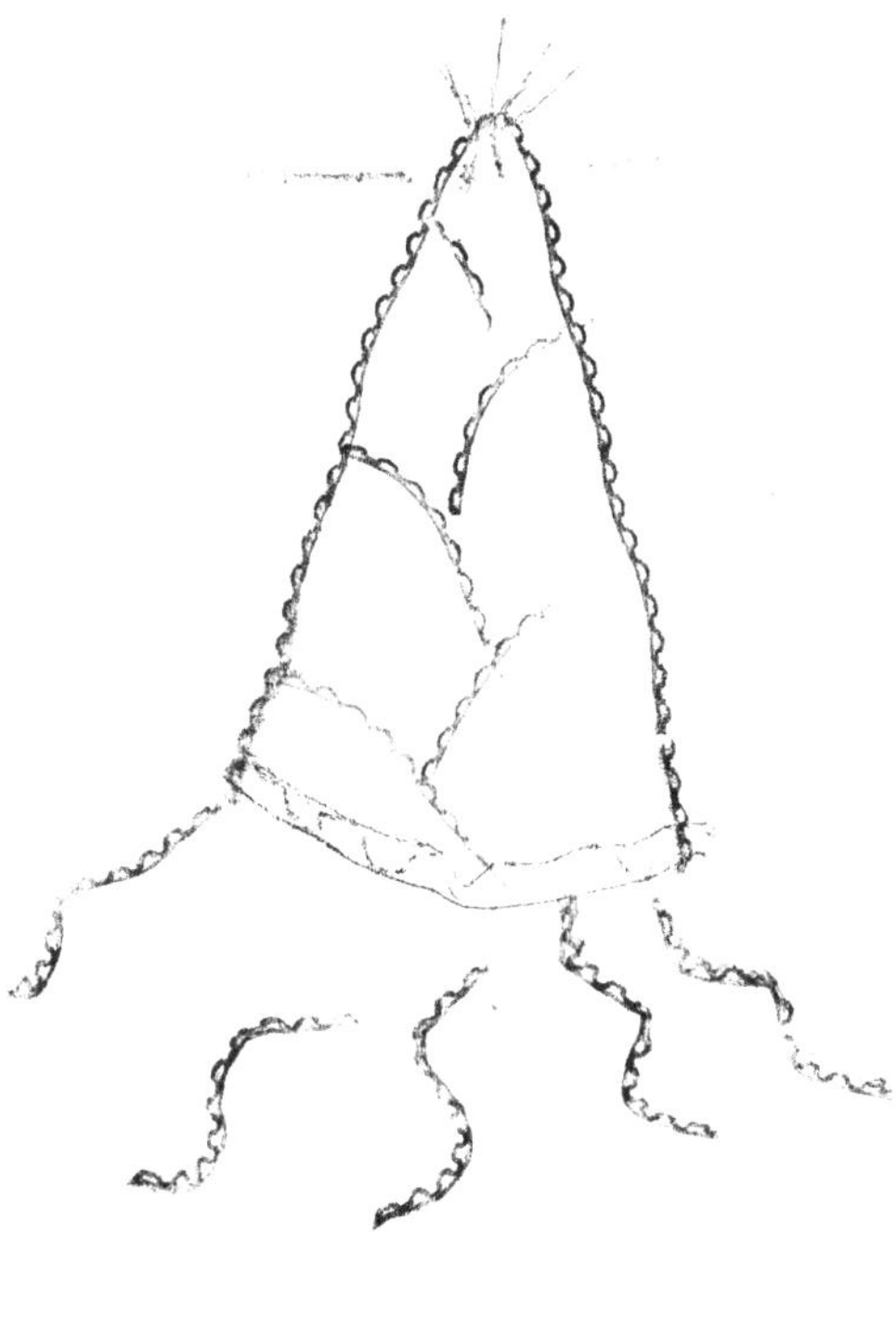

一《いち》時《じ》間《かん》目《め》

セミの学校《がっこう》の一時間目は
セミ語《ご》の時間です
―はねを思《おも》いきりふるわせて―
ザーゼージー　ザザ　ゾゾ
ミミ　チチ　ツーンツーン
正《ただ》しいセミ語
リズムのれんしゅうです

カエルの学校の一時間目は
カエル語の時間です
―おなかをふくらませて

口《くち》を大《おお》きくあけてー
ガッコ　ギギッコ　グロッコ　ゲッコ
ケケ　ココ　グァーグァー　ケロロロロ
美《うつく》しいカエル語《がた》り
おんどくれんしゅうです

カラスの学校の一時間目は
カラス語の時間です
ーのどをまあるくあけて
　空《そら》に向《む》かって
イカガァー　ソーカァー　イコカァー
マダカァー　ヨカァー　ヨカァー
カラス語の基本《きほん》
あいさつれんしゅうです

落《お》ち葉《ば》のうた

落ち葉の道《みち》を歩《ある》いたら
カサコソカサコソ音《おと》がする
くつと落葉がくっついて
カソコソなにやらはなしてる

落ち葉の道を歩いたら
シャカシャカシャカシャカ音がする
落ち葉はくつにたずねたよ
シャカシャカいそいでどこいくの

落ち葉の上《うえ》でねころんだ
ワンサカワンサカ音がする
落ち葉のおふとんあったかい
ワンサカお日《ひ》さまたべたから

まねかれて

こっちよ　こっち
はぎの花《はな》　ゆれる

こっちに　おいで
すすきが　ゆれる

こちらへ　どうぞ
いなほが　ゆれる

ようこそ　ようこそ
くりの実《み》　はねる

さそわれて
まねかれて
秋《あき》の　まん中《なか》

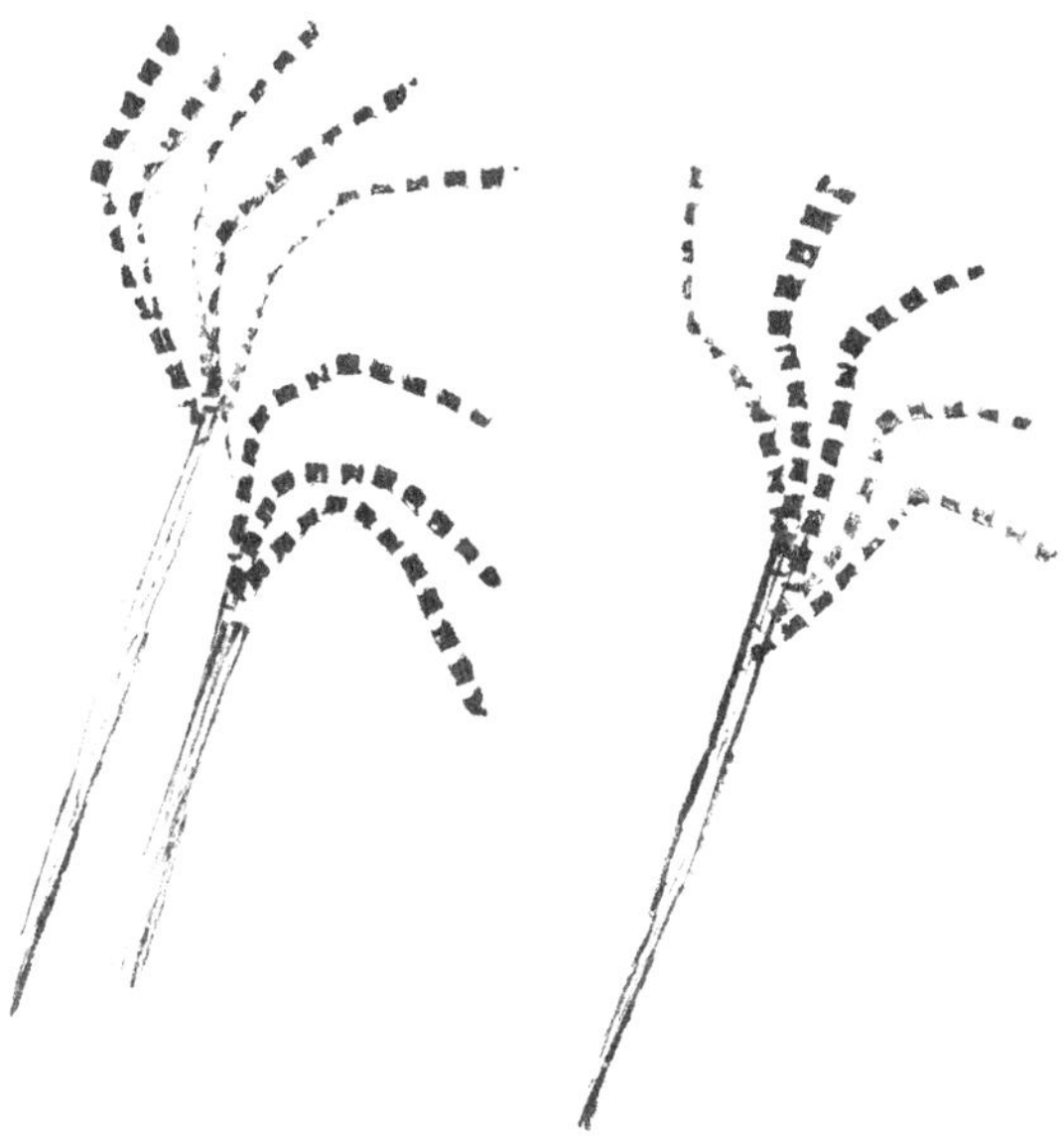

せみ

ビルの谷間《たにま》でせみがなく
シャーシャーとせみがなく
夜《よる》も休《やす》まずせみがなく
眠《ねむ》らぬ街《まち》の灯《あか》りの中《なか》で
くるったようにせみがなく

都会《とかい》の駅《えき》でせみがなく
ジャージャーとせみがなく
人《ひと》の流《なが》れにむせ返《かえ》り

べたつく暑《あつ》さ吹《ふ》き出《で》る汗《あせ》に
たえられないとせみがなく
田舎《いなか》のお寺《てら》でせみがなく
ジィージィーとせみがなく
夏《なつ》をたたえてせみがなく
緑《みどり》の森《もり》に守《まも》られながら
誇《ほこ》らしそうにせみがなく

はは　ふふ　ほっほ！

あいちゃんとぼく
手《て》をつないであるく
モジモジ　にっこり

たかさんとねーね
手をつないであるく
ドキドキ　にっこり

とうさんとママ

手をつないであるく
ルンルン　ほんわか

じいじとばあば
手をつないであるく
フフフフ　ほっこり

手と手つなげば
にっこり　ほっこり
はは　ふふ　ほっほ！

ほしいな　ママふたり

ねえ　ママ
ぼくも　だっこして
いつも　いもうと　だいている
ふたつほしいな
ママの　むね

ねえ　ママ
ぼくも　すわらせて
いつも　いもうと　すわってる

ふたつほしいな
ママの　ひざ

ねえ　ママ
ぼくにも　ねむれして
いつも　いもうと　うでのなか
ほしいほしいな
ママふたり

いたいのとんでいけ

こいしにころんと
すみれちゃん
おててにすりきず
いたたたた
いたいのおそらへ
とんでいけ

つくえにこっつん
うきょうくん

おでこにちびこぶ
いたたたた
いたいのおそらへ
とんでいけ

さかみちつるんと
いっけいくん
おひざにじゃりあと
いたたたた
いたいのおそらへ
とんでいけ

いたいのいたいの
どこいった
西《にし》のお空《そら》に
とんでった
夕《ゆう》日《ひ》にとけて
きえてった

Ⅲ

巻《ま》き笛《ぶえ》

巻《ま》き笛《ぶえ》

くるくると　くるくると
のびてはもどり
のびてはもどる
巻き笛

明日《あした》をつかみに
突《つ》き進《すす》み
思《おも》い出《で》手《た》繰《ぐ》り
巻きもどる

ぴゅ～るる　ぴゅ～るる
明日と昨日《きのう》
行《い》ったり　来《き》たり
楽《たの》しげに哀《かな》しげに
今《いま》を奏《かな》でる

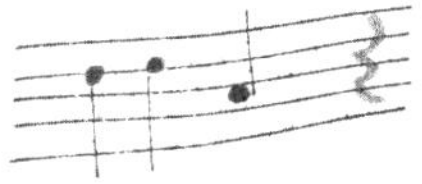

チャレンジ

ドキドキ
ドキンドキン
ドドドドド
心臓《しんぞう》から血液《けつえき》が噴《ふ》き出《だ》してくる

手《て》がふるえる
足《あし》がふるえる
逃《に》げ出したい
隠《かく》れたい
ああ

全身《ぜんしん》が固《かた》まる

とうとう
ぼくの発表《はっぴょう》の番《ばん》がきた
もう逃《に》げられない
お守《まも》りをギュッとにぎりしめた
チャレンジ
チャレンジ
チャレンジ
大《おお》きく大きく深呼吸《しんこきゅう》
ゆっくりぼくは
舞台《ぶたい》にすすむ

深《しん》呼《こ》吸《きゅう》

あいつの顔《かお》なんかみたくない
アホ　バカ　ボケナス
ふと　空《そら》をみあげる
青《あお》い
広《ひろ》い
はてしなく大《おお》きい

深呼吸
空をすう
あいつをはき出《だ》す
もう一度《いちど》・・・

外《そと》は

おじいちゃんが死《し》んだ
今朝《けさ》白《しろ》い布《ぬの》に包《つつ》まれて帰《かえ》ってきた
ぼくの心臓《しんぞう》はドクドク波《なみ》打《う》ち
頭《あたま》の中《なか》は凍《こお》りつきそうだ
父《とう》さんも母《かあ》さんも親戚《しんせき》のおじさんも
張《は》りつめた顔《かお》で重《おも》たい空《くう》気《き》の中を
涙《なみだ》をこらえてあたふたと動《うご》いている

けれども外は

いつも同《おな》じように
友《とも》だちは学校《がっこう》に行《い》き
大人《おとな》たちは仕事《しごと》に出《で》かける
隣《となり》の犬《いぬ》も昨日《きのう》と同《おな》じころ
散歩《さんぽ》にいった

おじいちゃんの時間《じかん》は止《と》まったのに
家《いえ》の外《そと》は
何《なに》もなかったように
昨日の続《つづ》きの今日《きょう》がはじまる

空《から》っぽの春《はる》

空っぽの門柱《もんちゅう》
空っぽの庭《にわ》
空っぽの郵便受《ゆうびんう》け
空っぽのベランダ
カーテンがおりたままの
空っぽの部屋《へや》

昨年《さくねん》の秋《あき》まで
おばあさんが住《す》んでいた

空っぽの家《いえ》に
空っぽの春が来《く》る

言葉《ことば》ひとつ

言葉ひとつにおどろいて
言葉ひとつでまよいだす
言葉ひとつにきずついて
言葉ひとつでけんかする
言葉ひとつにこころひらき
言葉ひとつでうちとける

息《いき》はくように限《かぎ》りなく
吐《は》き出《だ》される言葉

言葉の裏側《うらがわ》に
天使《てんし》と悪魔《あくま》が隠《かく》れている
今日《きょう》見《み》つけた言葉
「萌《も》える」
元気《げんき》になる

つなひき

夏休《なつやす》みが終《お》わるころ
つなひきが始《はじ》まる
元気《げんき》いっぱいの夏《なつ》と
おいしさいっぱいの秋《あき》の戦《たたか》い

暑《あつ》い日《ひ》　夏の日　楽《たの》しいよ
山《やま》で海《うみ》で　まだ遊《あそ》ぼう
残《のこ》りの力《ちから》を　ふりしぼり綱《つな》を引《ひ》く夏
そろそろ涼《すず》しさうれしいね

実《みの》りの秋《あき》だよ　運動会《うんどうかい》だ
負《ま》けずに引《ひ》き返《かえ》す秋

夏が引くと
暑さは逆戻《ぎゃくもど》り
秋が引き返すと
一気《いっき》に涼《すず》しさやってくる
夏　勝《か》て
オーエス
秋　勝て
オーエス

彼岸《ひがん》みち

ならんだ
ならんだ
あかいはな
「おひがんですよ」と
さいている

どうして
ひがんが
わかるのか

こよみも　もたずに
わかるのか

だんだんばたけの
あぜみちに
ことしもできたよ
彼岸みち

春《はる》　春《はる》　夏《なつ》　秋《あき》　冬《ふゆ》

花見《はなみ》だ　花見だ
満開《まんかい》だ
ウイッ　ウイッ
おじいさんは　赤《あか》い顔《かお》して上機嫌《じょうきげん》です

やがて　日《ひ》がすぎて
街《まち》の桜《さくら》が散《ち》りだすと
おじいさんは　いそいそと出《で》かけます

なんだ坂《さか》　こんな坂　えんこらしょ

もいちど春来《こ》い　よっこらしょ
おじいさんは　山道《やまみち》を登《のぼ》ります

―おお間《ま》に合《あ》った　間に合った―
山《やま》の高《たか》くにある村《むら》は
これからが　春本番《ほんばん》
ここの桜は　まだつぼみです
おじいさんは　春を二回《にかい》むかえたくて
毎年《まいとし》村にやってきます

よくばりおじいさんの
季節《きせつ》は五《いつ》つ
春　春　夏　秋　冬

冬《ふゆ》がきた

外《そと》に出《で》たら
冬がぶつかってきた

いきなり首筋《くびすじ》をなでてくる
―ブルブル―
払《はら》ってもまとわりつく
そしらぬふりをしても
冷《ひ》やっこい手《て》で
ほほをたたいたり
髪《かみ》をなでてくる
―やめてくれ―
あわてて逃《に》げ帰《かえ》り

家《いえ》にかけこんだが
すかさず
冬もすべりこんできた

マフラーまいて
ぼうしかぶって
手ぶくろつけて
ジャンパーを着《き》た
―これでどうだ―
気《き》取《ど》って冬に見《み》せてやった

冬と真正面《ましょうめん》に向《む》かい合《あ》って
再《ふたた》び飛《と》び出《だ》した

根《ね》っこ

ひざまである草《くさ》をぬく
草の根元《ねもと》を両手《りょうて》でつかみ
両足《りょうあし》をふんばって
ーよいしょー
ぬけない
もう一度《いちど》
ーよいしょー
びくともしない
しぶといやつ
根っこが土《つち》にしがみついている
シャベルでまわりをほりおこす

これでどうだ
ーエイッー
メリメリ　ガッボ
土のかたまりがとれた
根っこをたたきつけて土をおとす
くもの巣《す》のように張《は》った根っこが
気《き》まずそうに姿《すがた》をあらわした
根っこの先《さき》がひょろひょろとふるえる

土にからみついていた根っこ
土を抱《かか》え込《こ》んでいた根っこ

おまえも土が好《す》きなんだね

うさぎ

うさぎがきました
おばあさんのマンションに
飛行機《ひこうき》に乗《の》って来《き》ました
うさぎは売《う》っているえさを食《た》べて
水《みず》入《い》れの水を吸《す》ってかごの中《なか》で過《す》ごします
穴掘りはできません
ジャンプもできません
「うさぎのくらしもかわったねえ」
おばあさんはびっくりしています

夜空《よぞら》を見上《みあ》げると
月《つき》のうさぎは昔《むかし》と同《おな》じように
もちつきをしていました

空《そら》のそうじ

風《かぜ》がふく
笹《ささ》がゆれる
風がふく
竹《たけ》がゆれる
大風《おおかぜ》がふく
竹林《たけばやし》がゆれる

空のそうじがはじまる
東《ひがし》の空から
西《にし》の空へ

大《おお》きく　大きく
ゆれて　ゆれて
雲《くも》を掃《は》き出《だ》す
竹林がゆれる

いろいろ

地球《ちきゅう》には
いろいろな国《くに》があって
国には
いろいろな街《まち》があって
街には
いろいろな家《いえ》があって
いろいろな人《ひと》が住んでいて
いろいろな暮《く》らしをしている

いろいろな人は

いろいろな思《おも》いで
いろいろ感《かん》じて
いろいろ笑《わら》って
いろいろ泣《な》いて
いろいろ怒《こ》って
いろいろ悩《なや》んで
いろいろ信《しん》じて
いろいろな日《ひ》を過《す》ごしている

いろいろは発見《はっけん》
いろいろは感動《かんどう》
そして　そして
いろいろは不思議《ふしぎ》

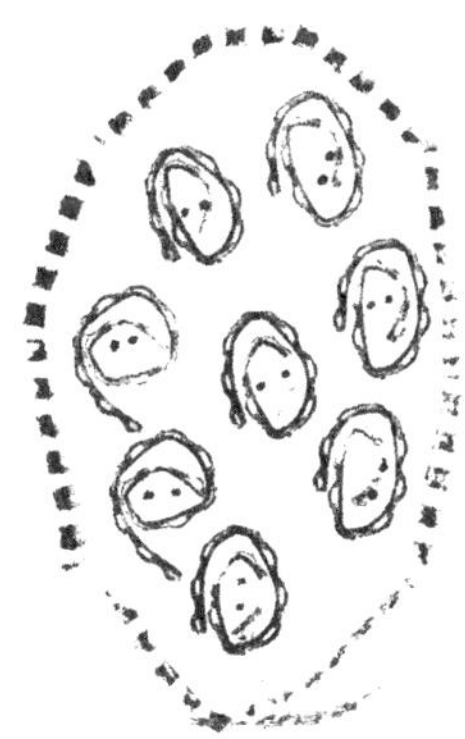

黒《くろ》ヒョウ

冷《ひ》え切《き》った空《そら》のまん中《なか》に
大《おお》きな黒ヒョウがいる
不気味《ぶきみ》な目《め》でこちらを見《み》る
目《め》をつり上《あ》げ
肩《かた》をいからせて向《む》かってくる

何《なに》を怒《おこ》っている
落《お》ちつけ　落《お》ちつけ
立《た》て続《つづ》けに

大雨《おおあめ》　洪水《こうずい》　地震《じしん》　津波《つなみ》と
大暴《おおあば》れしたではないか
おまえの怒りたいのはわかる
でも
もうおとなしくしてくれないか
これ以上《いじょう》痛《いた》めつけないでおくれ

薄暗《うすぐら》い夕暮《ゆうぐ》れの空に
雨雲《あまぐも》に化《ば》けた黒ヒョウがいる
天《てん》の使《つか》いのヒョウがいる

間《ま》借《が》り人《にん》

ぞうも　たぬきも
ねずみも　ひとも
くじらも　めだかも
いわしも　いかも
むかでも　かめも
わにも　かまきりも
たかも　あひるも
めじろも　こうもりも

うまれていきて
うまれていきて
わずかないのちのときをつむぐ

みんな
地《ち》球《きゅう》の間借り人

お日《ひ》さま

お日さま
晴《は》れの日　わらってる
お日さま
雨《あめ》の日　ないている
お日さま
風《かぜ》の日　おこっている
お日さま
雲《くも》の日　なやんでる

よごれた地球《ちきゅう》　気《き》にかかる

お日さま
雪《ゆき》の日　いのってる
じっと　しずかに　目《め》をとじて
―地球のよごれ　とかしておくれ―
ふりつむ雪に　いのってる

やさしい　お日さま
いつだって
そっと　地球《ちきゅう》をみつめてる

ＩＴ革命《かくめい》

マウスをクリック
世界《せかい》がみえる
マウスをクリック
世界にメール
マウスをクリック
世界はひとつ
マウスをクリック
世界が変《か》わる
マウスをクリック

爆音《ばくおん》
マウスをクリック
世界が消《き》える

そんなことはない
そんなはずはない
マウスをクリック

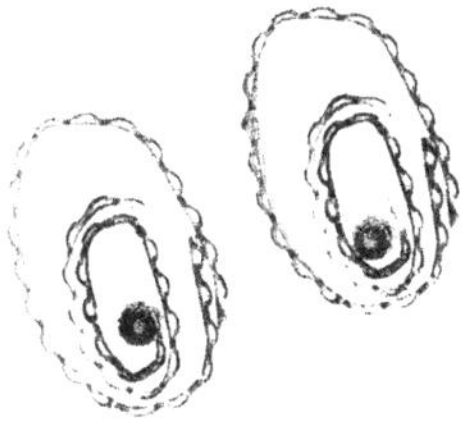

日没《にちぼつ》

西《にし》の空《そら》をゆっくりと
動《うご》いていた太陽《たいよう》が
水平線《すいへいせん》に着《つ》くと
スルリと消《き》えた

潔《いさぎよ》く今日《きょう》が終《お》わる

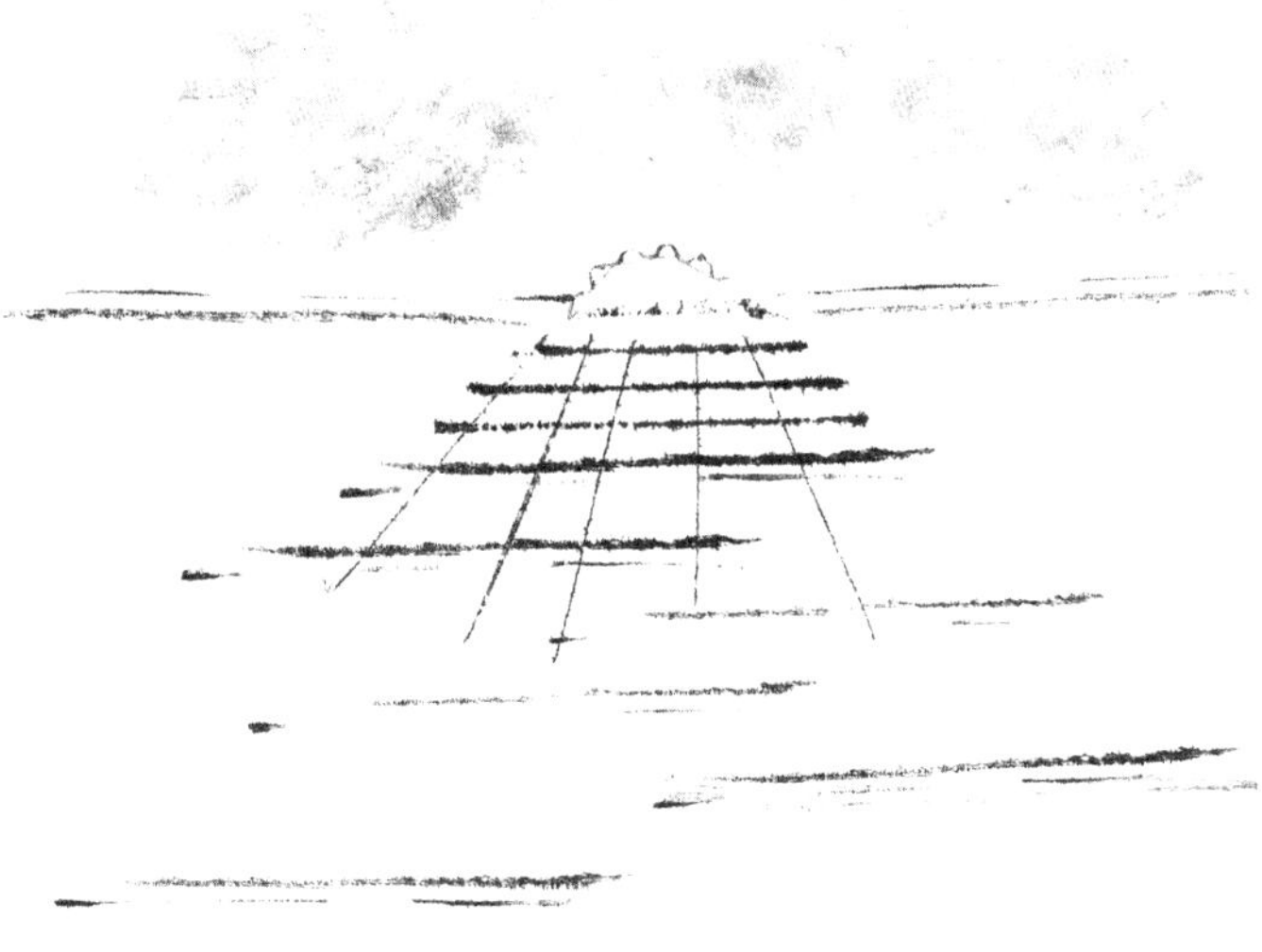

あとがき

詩を書き始めた頃は、詩集を出そうなどと、全く考えませんでした。個人詩集は、所詮、自己満足の世界と思い、本を出す人の気持ちが理解できませんでした。

そんな私が、十年前、仲間の出版に刺激を受けて、生きた証に一冊だけと、「ちょっといいことあったとき」を出版しました。メモ書きのように書いていた詩が、一冊の本になったときは、感無量、今までに味わったことがない喜びでした。そして、この出版が、私自身を大きく変えました。それまでは、私は詩を書いていますと、言えなかったのですが、胸を張って言えるようになったのです。本に自信と勇気をもらいました。

更なる自信と勇気を求めて、第二詩集を出す決心をしました。今回も銀の鈴社様にお世話になりました。ステキな題名を付けていただきました。ありがとうございました。

未来に向かって言います。

「てんきになあれ」

すぎもと　れいこ

曲がついている作品	
ほしいなママふたり	高橋友夫 高月啓充
まぬかれて	高橋友夫
さくらの木	高月啓充 楠井淳子
日没	高橋友夫
掃除	高橋友夫
空がとけた	高橋友夫

すぎもと れいこ
香川県観音寺市大野原町に生まれる
日本児童文芸家協会会員
詩と童謡「こすもす」同人
[はーと&はーと]第十回絵本原作コンクールで「てんとてん」最優秀賞受賞
文芸社第五回絵本大賞で「へそがない」優秀賞受賞
2004年　詩集「ちょっといいことあったとき」(銀の鈴社)
2008年　絵本「てんとてん」(大阪市教育委員会)
2009年　絵本「ぼくのいす」(教育画劇)
2012年より愛媛県西条市立図書館で「やさしい詩」講座の講師

NDC911
神奈川　銀の鈴社　2015
96頁　21cm（てんきになあれ）

ジュニアポエムシリーズ　246　　2015年3月11日初版発行
本体1,200円＋税

てんきになあれ

著　　者　すぎもとれいこ©　詩と絵
発 行 者　柴崎聡・西野真由美
編集発行　㈱銀の鈴社 TEL 0467-61-1930　FAX 0467-61-1931
〒248-0005　神奈川県鎌倉市雪ノ下3-8-33
http://www.ginsuzu.com
E-mail info@ginsuzu.com

ISBN978-4-87786-246-6 C8092
落丁・乱丁本はお取り替え致します
印刷　電算印刷
製本　渋谷文泉閣

…ジュニアポエムシリーズ…

1	鈴木敏史詩集 宮下琢郎・絵	星の美しい村	★☆
2	小池知子詩集 高志孝子・絵	おにわいっぱいぼくのなまえ	★☆
3	鶴岡千代子詩集 武田淑子・絵	白い虹	児文芸新人賞
4	楠木しげお詩集 久保雅勇・絵	カワウソの帽子	
5	津坂治男詩集 垣内美穂・絵	大きくなったら	★
6	後藤れい子詩集 山本まつ子・絵	あくたれぼうずのかぞえうた	
7	北村蔦子詩集 柿本幸造・絵	あかちんらくがき	
8	吉田瑞穂詩集 吉田翠・絵	しおまねきと少年	◇⃞★◎
9	新川和江詩集 葉祥明・絵	野のまつり	★☆
10	阪田寛夫詩集 織茂恭子・絵	夕方のにおい	◆⃞★☆○
11	高田敏子詩集 若山憲・絵	枯れ葉と星	★☆
12	原田直友詩集 吉田翠・絵	スイッチョの歌	★◎
13	小林純一詩集 久保雅勇・絵	茂作じいさん	◉★☆●◎
14	谷川俊太郎詩集 長新太・絵	地球へのピクニック	★◎
15	与田準一詩集 深沢省三・深沢紅子・絵	ゆめみることば	★
16	岸田衿子詩集 中谷千代子・絵	だれもいそがない村	
17	江間章子詩集 榊原直美・絵	水と風	◇◎
18	原田直友詩集 小野まり・絵	虹—村の風景—	★
19	福田正夫詩集 福田達夫・絵	星の輝く海	★☆
20	草野心平詩集 長野ヒデ子・絵	げんげと蛙	★☆○◇
21	宮田滋子詩集 青木まさる・絵	手紙のおうち	☆○
22	久保田昭三詩集 斎藤彬子・絵	のはらでさきたい	
23	鶴岡千代子詩集 加倉井和夫・武田淑子・絵	白いクジャク	★●
24	尾上尚子詩集 まど・みちお・絵	そらいろのビー玉	★☆ 児文協新人賞
25	水上紅詩集 深沢紅子・絵	私のすばる	☆
26	野呂昶詩集 福島一二三・絵	おとのかだん	★
27	こやま峰子詩集 武田淑子・絵	さんかくじょうぎ	☆
28	青戸かいち詩集 駒宮録郎・絵	ぞうの子だって	
29	まきたかし詩集 福田達夫・絵	いつか君の花咲くとき	★☆♡
30	薩摩忠詩集 駒宮録郎・絵	まっかな秋	★☆♡
31	新川和江詩集 福島一二三・絵	ヤァ!ヤナギの木	★☆○♡
32	井上靖詩集 駒宮録郎・絵	シリア沙漠の少年	★☆♡
33	古村徹三詩・絵	笑いの神さま	
34	江上波夫詩集 青空風太郎・絵	ミスター人類	○☆
35	秋原秀夫詩集 鈴木義治・絵	風の記憶	★◎
36	水村三千夫詩集 武田淑子・絵	鳩を飛ばす	
37	久冨純江詩集 渡辺安芸夫・絵	風車 クッキングポエム	
38	日野生三詩集 吉野晃希男・絵	雲のスフィンクス	★
39	佐藤雅子詩集 佐藤太清・広瀬きよみ・絵	五月の風	★
40	小黒恵子詩集 武田淑子・絵	モンキーパズル	★
41	木村信子詩集 山本典子・絵	でていった	
42	中野栄子詩集 吉田翠・絵	風のうた	☆
43	宮田滋子詩集 牧村慶子・絵	絵をかく夕日	★
44	大久保テイ子詩集 渡辺安芸夫・絵	はたけの詩	★☆
45	秋原秀夫詩集 赤星亮衛・絵	ちいさなともだち	♥

☆日本図書館協会選定
★全国学校図書館協議会選定(SLA)
□少年詩賞　■茨城県すいせん図書
○厚生省中央児童福祉審議会すいせん図書
●日本童謡賞　♧岡山県選定図書
♡日本子どもの本研究会選定
♥秋田県選定図書
♣愛媛県教育会すいせん図書
◇岩手県選定図書
◆京都府選定図書
◇⃞芸術選奨文部大臣賞
◉赤い鳥文学賞　◆⃞赤い靴賞

…ジュニアポエムシリーズ…

✲サトウハチロー賞　✣毎日童謡賞　♠奈良県教育研究会すいせん図書
三木露風賞　北海道選定図書　三越左千夫少年詩賞
♤福井県すいせん図書　◈静岡県すいせん図書
▲神奈川県児童福祉審議会推薦優良図書　◎学校図書館図書整備協会選定図書(SLBA)

…ジュニアポエムシリーズ…

91 新井 和・詩集 高田 三郎・絵 おばあちゃんの手紙 ☆★
92 はなわたえこ・詩集 えばとかつこ・絵 みずたまりのへんじ ★●
93 柏木 恵美子・詩集 武田 淑子・絵 花のなかの先生 ☆
94 中原 千津子・詩集 寺内 直美・絵 鳩への手紙 ★
95 高瀬 美代子・詩集 小倉 玲子・絵 仲なおり ★
96 杉本 深由起・詩集 若山 憲・絵 トマトのきぶん ☆★◎ 児文芸新人賞
97 宍倉 さとし・詩集 守下 さおり・絵 海は青いとはかぎらない ♧
98 石井 英行・詩集 有賀 忍・絵 おじいちゃんの友だち ■
99 なかのひろ・詩集 アサト・シェラ・絵 とうさんのラブレター ☆★
100 小松 静江・詩集 藤川 秀之・絵 古自転車のバットマン
101 石原 一輝・詩集 加藤 真夢・絵 空になりたい ☆✧★
102 小泉 周二・詩集 西 真里子・絵 誕生日の朝 ☆■★
103 くすのきしげのり・童謡 わたなべあきお・絵 いちにのさんかんび ☆★
104 成本 和子・詩集 小倉 玲子・絵 生まれておいで ☆★✧♡♧
105 伊藤 政弘・詩集 小倉 玲子・絵 心のかたちをした化石 ★

106 川崎 洋子・詩集 井戸 妙子・絵 ハンカチの木 □★☆
107 柘植 愛子・詩集 油野 誠一・絵 はずかしがりやのコジュケイ ✧
108 新谷 智恵子・詩集 葉 祥明・絵 風をください ☆◈☼●♡✣
109 金親 尚子・詩集 牧 進・絵 あたたかな大地 ☆
110 黒柳 啓子・詩集 吉田 翠・絵 父ちゃんの足音 ☆★♡□
111 富田 栄子・詩集 油野 誠一・絵 にんじん笛 ♡☆
112 原 国子・詩集 高畠 純・絵 ゆうべのうちに ☆
113 宇部 京子・詩集 スズキコージ・絵 よいお天気の日に ○□●☆◇★
114 武鹿 悦子・詩集 牧野 鈴子・絵 お花見 ☆□
115 山本なおこ・詩集 梅田 俊作・絵 さりさりと雪の降る日 ☆★
116 小林比呂古・詩集 おおた慶文・絵 ねこのみち ☆
117 後藤れい子・詩集 渡辺あきお・絵 どろんこアイスクリーム ☆
118 重清 良吉・詩集 高田 三郎・絵 草の上 ☆□✿◆★
119 宮中 雲子・詩集 西 真里子・絵 どんな音がするでしょか ✻★
120 前山 敬子・詩集 若山 憲・絵 のんびりくらげ ☆★

121 川端 律子・詩集 若山 憲・絵 地球の星の上で ♡
122 たかはしけいこ・詩集 織茂 恭子・絵 とうちゃん ♡✿♣★
123 宮田 滋子・詩集 深澤 邦朗・絵 星の家族 ☆●
124 国沢たまき・詩集 唐沢 静・絵 新しい空がある
125 池田あきつ・詩集 小倉 玲子・絵 かえるの国 ★
126 黒田 恵子・詩集 倉島千賀子・絵 ボクのすきなおばあちゃん ☆★♡
127 垣内 磯子・詩集 宮崎 照代・絵 よなかのしまうまバス ☆♡★
128 小泉 周二・詩集 佐藤 平八・絵 太陽へ ✿★●☆♡
129 中島 和子・詩集 秋里 信子・絵 青い地球としゃぼんだま ☆★
130 のろさかん・詩集 福島 一二三・絵 天のたて琴 ☆
131 加藤 丈夫・詩集 葉 祥明・絵 ただ今受信中 ☆★
132 北原 悠子・詩集 深沢 紅子・絵 あなたがいるから ♡
133 池田もと子・詩集 小倉 玲子・絵 おんぷになって ♡
134 鈴木 初江・詩集 吉田 翠・絵 はねだしの百合 ★
135 垣内 磯子・詩集 今井 俊・絵 かなしいときには ★

△長野県教育委員会すいせん図書　✡㈶日本動物愛護協会推薦図書
◈茨城県推奨図書

…ジュニアポエムシリーズ…

136 秋葉てる代詩集 やなせたかし・絵 おかしのすきな魔法使い ●★
137 青戸かいち詩集 永田萠・絵 小さなさようなら ✿★
138 柏木恵美子詩集 高田三郎・絵 雨のシロホン ♡★
139 藤井則行詩集 阿見みどり・絵 春だから ♡★◎
140 黒田勲子詩集 山中冬二・絵 いのちのみちを
141 南郷芳明詩集 的場豊子・絵 花時計
142 やなせたかし 詩・絵 生きているってふしぎだな
143 内田麟太郎詩集 斎藤隆夫・絵 うみがわらっている
144 しまざきふみ詩集 島崎奈緒・絵 こねこのゆめ ♡
145 糸永えつこ詩集 武井武雄・絵 ふしぎの部屋から ♡
146 石坂きみこ詩集 鈴木英二・絵 風の中へ ♡
147 坂本のこ詩集 坂本こう・絵 ぼくの居場所 ♡
148 島村木綿子 詩・絵 森のたまご ✿
149 楠木しげお詩集 わたせせいぞう・絵 まみちゃんのネコ ★
150 牛尾良子詩集 上矢津・絵 おかあさんの気持ち ♡

151 三越左千夫詩集 阿見みどり・絵 せかいでいちばん大きなかがみ ★
152 水村三千夫詩集 高見八重子・絵 月と子ねずみ
153 川越文子詩集 横松桃子・絵 ぼくの一歩ふしぎだね ★
154 すずきゆかり詩集 葉祥明・絵 まっすぐ空へ
155 西田純詩集 葉祥明・絵 木の声 水の声
156 清野倭文子詩集 水科舞・絵 ちいさな秘《ひ》密《みつ》
157 川奈静詩集 直江みちる・絵 浜ひるがおはパラボラアンテナ ★◎
158 若木良水詩集 西真里子・絵 光と風の中で
159 牧陽子詩集 渡辺あきお・絵 ねこの詩 ★◎
160 宮田滋子詩集 阿見みどり・絵 愛一輪 ★◎
161 井上灯美子詩集 唐沢静・絵 ことばのくさり ☆●
162 滝波万理子詩集 滝波裕子・絵 みんな王《おう》様《さま》 ★●
163 冨岡みち詩集 関口コオ・絵 かぞえられへんせんぞさん ★
164 垣内磯子詩集 辻恵子・切り絵 緑色のライオン ★◎
165 すぎもとれいこ詩集 平井辰夫・絵 ちょっといいことあったとき ★

166 岡田喜代子詩集 おぐらひろかず・絵 千年の音 ★☆◎
167 川奈静詩集 直江みちる・絵 ひもの屋さんの空 ★◎☆♥♡
168 鶴岡千代子詩集 武田淑子・絵 白い花火 ★☆
169 井上灯美子詩集 唐沢静・絵 ちいさい空をノックノック ★◎☆
170 尾崎杏子詩集 ひなた山すじゅう郎・絵 海辺のほいくえん ☆♡★◎
171 柘植愛子詩集 やなせたかし・絵 たんぽぽ線路 ☆♡★◎●
172 小林比呂古詩集 うめざわのりお・絵 横須賀スケッチ ☆★◎♡▲
173 林佐知子詩集 串田敦子・絵 きょうという日 ☆★◎♡▲
174 後藤基宗子詩集 岡澤由紀子・絵 風とあくしゅ ☆♥★◎♡
175 土屋律子詩集 高瀬のぶえ・絵 るすばんカレー ☆♡★◎▲
176 三輪アイ子詩集 深沢邦朗・絵 かたぐるましてよ ★☆♡
177 田辺瑞美子詩集 西真里子・絵 地球賛歌 ☆★◎
178 髙瀬美代子詩集 小倉玲子・絵 オカリナを吹く少女 ☆♡
179 中野惠子詩集 串田敦子・絵 コロボックルでておいで ★♡☆●
180 松井節子詩集 阿見みどり・絵 風が遊びにきている ★☆♡▲

…ジュニアポエムシリーズ…

181 新谷智恵子詩集 徳田徳志芸・絵 とびたいペンギン 佐世保文学賞 ♡★◎ ▲
182 牛尾良子詩集 牛尾征治・写真 庭のおしゃべり ♡★◎
183 三枝ますみ詩集 高見八重子・絵 サバンナの子守歌 ☆★
184 佐藤雅子詩集 佐藤太清 菊池治子・絵 空の牧《まき》場《ば》 ☆★♡ ■◎◈
185 山内弘子詩集 おぐらひろかず・絵 思い出のポケット ♡★●
186 山内弘子詩集 阿見みどり・絵 花の旅人 ♡★▲
187 原国子詩集 牧野鈴子・絵 小鳥のしらせ ♡★△ ◎
188 人見敬子 詩・絵 方《はこ》舟《ぶね》地球号 —いのちは元気— ♡★◎
189 林佐知子詩集 串田敦子・絵 天にまっすぐ ★☆♡ ◎
190 小臣富子詩集 渡辺あきお・絵 わんさかわんさかどうぶつさん ✡♡★ ◎
191 川越文子詩集 かまだちえみ・写真 もうすぐだからね ♡★◎
192 永田喜久男詩集 武田淑子・絵 はんぶんごっこ ☆★◎ ♡
193 吉田房子詩集 大和田明代・絵 大地はすごい ★◎♡
194 石井春香詩集 高見八重子・絵 人魚の祈り ★♡
195 石原一輝詩集 小倉玲子・絵 雲のひるね ♡

196 たかはしけいこ詩集 髙橋敏彦・絵 そのあと ひとは ★
197 宮田滋子詩集 おおた慶文・絵 風がふく日のお星さま ★♡◎
198 渡辺恵美子詩集 つるみゆき・絵 空をひとりじめ ★♡●
199 宮中雲子詩集 西真里子・絵 手と手のうた ★
200 杉本深由起詩集 太田大八・絵 漢字のかんじ ★♡❀
201 井上灯美子詩集 唐沢静・絵 心の窓が目だったら ★♡
202 峰松晶子詩集 おおた慶文・絵 きばなコスモスの道 ★♡
203 高橋文子詩集 山中桃子・絵 八丈太鼓 ★♡
204 長野貴子詩集 武田淑子・絵 星座の散歩 ★♡
205 江口正子詩集 高見八重子・絵 水の勇気 ♡☆★
206 藤本美智子 詩・絵 緑のふんすい ☆♡★
207 林佐知子詩集 串田敦子・絵 春はどどど ♡★◎
208 小関秀夫詩集 阿見みどり・絵 風のほとり ☆♡★
209 宗美津子詩集 宗信寛・絵 きたのもりのシマフクロウ ♡★
210 かわてせいぞう詩集 髙橋敏彦・絵 流れのある風景 ☆♡★

211 土屋律子詩集 高瀬のぶえ・絵 ただいまぁ ★♡☆ ◎
212 永田喜久男詩集 武田淑子・絵 かえっておいで ☆♡★
213 みたみちこ詩集 牧進・絵 いのちの色 ♡★
214 糸永えつこ詩集 糸永わかこ・絵 母です 息子です おかまいなく ♡☆★
215 宮田滋子詩集 武田淑子・絵 さくらが走る ♡☆★ ●
216 柏木恵美子詩集 吉野晃希男・絵 ひとりぼっちの子クジラ ♡★◎
217 江口正子詩集 高見八重子・絵 小さな勇気 ♡☆★
218 井上灯美子詩集 唐沢静・絵 いろのエンゼル ★♡
219 中島あやこ詩集 日向山寿十郎・絵 駅伝競走 ★☆♡
220 高橋孝治詩集 高見八重子・絵 空の道 心の道 ★♡
221 江口正子詩集 日向山寿十郎・絵 勇気の子 ♡☆★
222 宮田滋子詩集 牧野鈴子・絵 白鳥よ ☆★
223 井上良子詩集 銅版画 太陽の指環 ★
224 川越文子詩集 山中桃子・絵 魔法のことば ♡☆★
225 西本みさこ詩集 上司かのん・絵 いつもいっしょ ☆♡

…ジュニアポエムシリーズ…

226 おばらいちこ詩集 髙見八重子・絵 ぞうのジャンボ ☆★♡

227 吉田房子詩集 本田あまね・絵 まわしてみたい石臼 ★♡

228 吉田房子詩集 阿見みどり・絵 花 詩 集 ★♡◎

229 田中たみ子詩集 唐沢静・絵 へこたれんよ ★◎

230 林佐知子詩集 串田敦子・絵 この空につながる ★♡

231 藤本美智子 詩・絵 心のふうせん ★♡

232 火星雅範詩集 西川律子・絵 ささぶねうかべたよ ★♡▲

233 吉田房子詩集 岸田歌子・絵 ゆりかごのうた ★♡

234 むらかみみちこ詩集 むらかみみちこ むらかみあくる・絵 風のゆうびんやさん ★♡

235 白谷玲花詩集 阿見みどり・絵 柳川白秋めぐりの詩 ★♡

236 ほさかとしこ詩集 内山つとむ・絵 神さまと小鳥 ★☆♡

237 内田麟太郎詩集 長野ヒデ子・絵 まぜごはん ☆★◎♡

238 小林比呂古詩集 出口雄大・絵 きりりと一直線 ♡

239 牛尾良子詩集 おぐらひろかず・絵 うしの土鈴とうさぎの土鈴 ★◎♡

240 山本純子詩集 ルイコ・絵 ふ ふ ふ ★♡

241 神田亮 詩・絵 天使の翼 ★☆♡

242 かんざわみえ詩集 阿見みどり・絵 子供の心大人の心さ迷いながら ☆★◎

243 永田喜久男詩集 内山つとむ・絵 つながっていく ★☆♡

244 浜野木碧 詩・絵 海原散歩 ☆★◎♡

245 やまうち・しゅうへい詩集 山本省三・絵 風のおくりもの ☆★◎♡

246 すぎもとれいこ 詩・絵 てんきになあれ

247 冨岡みち詩集 加藤真夢・絵 地球は家族 ひとつだよ

248 北野千賀詩集 滝波裕子・絵 花束のように

249 石原一輝詩集 加藤真夢・絵 ぼくらのうた

＊刊行の順番はシリーズ番号と異なる場合があります。

ジュニアポエムシリーズは、子どもにもわかる言葉で真実の世界をうたう個人詩集のシリーズです。

本シリーズからは、毎回多くの作品が教科書等の掲載詩に選ばれており、1975年以来、全国の小・中学校の図書館や公共図書館等で、長く、広く、読み継がれています。

心を育むポエムの世界。

一人でも多くの子どもや大人に豊かなポエムの世界が届くよう、ジュニアポエムシリーズはこれからも小さな灯をともし続けて参ります。

銀の小箱シリーズ

- 葉 祥明・詩・絵　小さな庭
- 若山 憲・詩・絵　白い煙突
- こばやしひろこ・詩　うめざわのりお・絵　みんななかよし
- 江口 正子・詩　油野 誠一・絵　みてみたい
- やなせたかし・詩・絵　あこがれよなかよくしよう
- 冨岡 みち・詩　関口 コオ・絵　ないしょやで
- 小林比呂古・詩　神谷 健雄・絵　花かたみ
- 小泉 周二・詩　辻 友紀子・絵　誕生日・おめでとう
- 柏原 耿子・詩　阿見みどり・絵　アハハ・ウフフ・オホホ★♡▲
- こばやしひろこ・詩　うめざわのりお・絵　ジャムパンみたいなお月さま★

すずのねえほん

- たかはしけいこ・詩　中釜浩一郎・絵　わたし★◎
- 尾上 尚子・詩　小倉 玲子・絵　ぽわぽわん
- 糸永えつこ・詩　高見八重子・絵　はる なつ あき ふゆ もうひとつ★ 児文芸新人賞
- 山口 敦子・詩　高橋 宏幸・絵　ばあばとあそぼう
- あらい・まさはる・童謡　しのはらはれみ・絵　けさいちばんのおはようさん
- 佐藤 雅子・詩　佐藤 太清・絵　美しい日本の12ヵ月　こもりうたのように● 日本童謡賞
- 柏木 隆雄・詩　やなせたかし他・絵　かんさつ日記★♡

アンソロジー

- 渡辺 浦人・編　村上 保・絵　赤い鳥 青い鳥●
- わたげの会・編　渡辺あきお・絵　花ひらく★
- 木曜会・編　西真里子・絵　いまも星はでている★
- 木曜会・編　西真里子・絵　いったりきたり♡
- 木曜会・編　西真里子・絵　宇宙からのメッセージ
- 木曜会・編　西真里子・絵　地球のキャッチボール★◎
- 木曜会・編　西真里子・絵　おにぎりとんがった☆★◎
- 木曜会・編　西真里子・絵　みぃーつけた♡★◎
- 木曜会・編　西真里子・絵　ドキドキがとまらない
- 木曜会・編　西真里子・絵　神さまのお通り★
- 木曜会・編　西真里子・絵　公園の日だまりで